La lección del camaleón

Cuento de la tradición oral de Malí

Lada Josefa Kratky

Dedicado con admiración
a Yiriba Dambele

Un anciano envió a un joven al bosque a observar al camaleón. El anciano le dijo que, cuando regresara, le tendría que contar todo lo que había aprendido. El joven pasó una semana en el bosque.

Vio un camaleón en la rama de un árbol. En el árbol, el camaleón se sujetaba bien a la rama con las patas y la cola. En la rama, casi no se movía.

Luego, el joven vio que el camaleón a veces bajaba a la tierra y se ponía a caminar. Se movía bien despacio. Cuando caminaba, se meneaba y hasta parecía que bailaba.

El joven vio que los ojos del camaleón daban vueltas hacia adelante y hacia atrás, hacia un lado y hacia el otro. Hasta podía mirar hacia adelante con un ojo y hacia atrás con el otro, ¡al mismo tiempo!

Lo vio comer con su lengua larga y rápida. Cuando veía un insecto, lo miraba por un largo rato. Luego, ¡zas! Lo agarraba con la lengua y se lo metía en la boca.

Y vio que el camaleón cambiaba de
color. Podía empezar siendo verde y luego
volverse de un color completamente distinto.

Todo esto le contó el joven al anciano cuando volvió a la aldea. Entonces el anciano le habló al joven:

—Ahora vas a aprender las lecciones del camaleón. Las primeras lecciones son estas: Como el camaleón en la rama de un árbol, vive tu vida tranquilo. Y como el camaleón que camina hacia adelante, vive tu vida avanzando.

—Otra lección es esta: El camaleón ve para todos lados. Tus ojos también deben verlo todo. Trata de saber cómo piensan los demás. Considera el punto de vista de los otros.

—El camaleón cambia de color. Tú también tendrás que aprender a cambiar. No te creas que siempre tienes razón. Escucha y observa. Debes estar preparado para cambiar de opinión.

—Y no te apresures. Aunque la lengua del camaleón es rápida, se toma tiempo antes de soltarla. La lengua demasiado rápida o lenta pierde la mosca. Eso es lo que nos enseña el camaleón.